Martín Morón

RAPUNZEL

RAPUNZEL es editado por: Ediciones Lea S.A.
Av. Dorrego 330 (C1414CJQ), Ciudad de Buenos Aires, Argentina.
E-mail: info@edicioneslea.com / www.edicioneslea.com

ISBN: 978-987-718-231-6

Primera edición. Septiembre de 2015. Impreso en China.

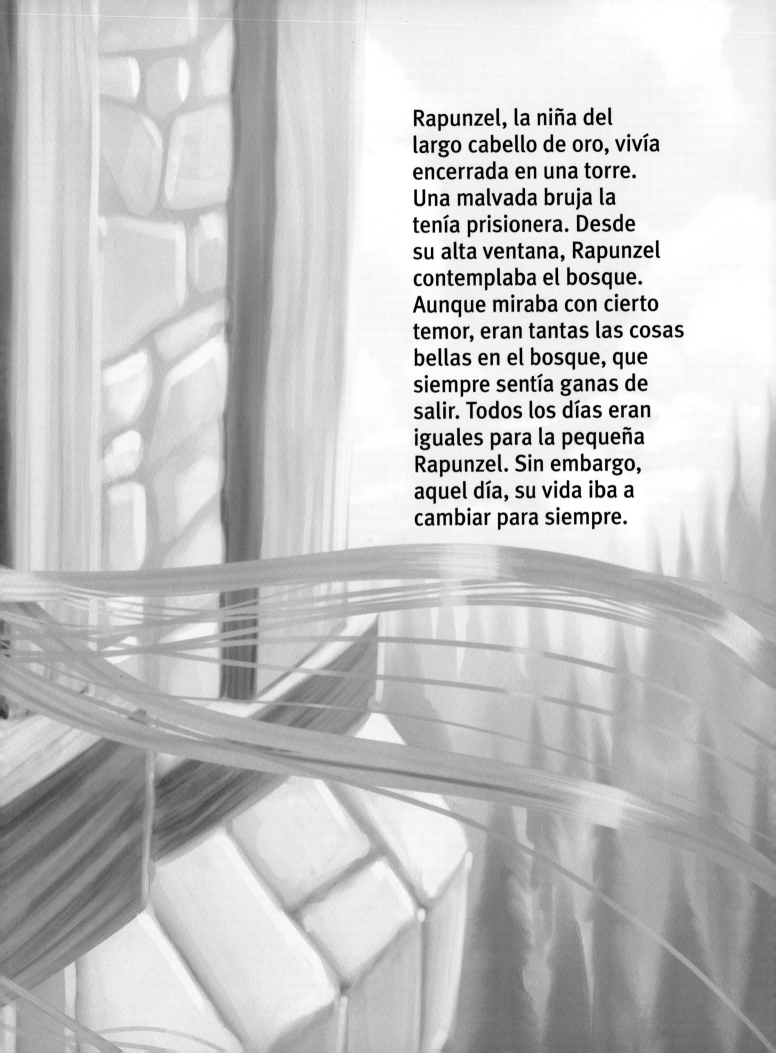

Rapunzel, la niña del largo cabello de oro, vivía encerrada en una torre. Una malvada bruja la tenía prisionera. Desde su alta ventana, Rapunzel contemplaba el bosque. Aunque miraba con cierto temor, eran tantas las cosas bellas en el bosque, que siempre sentía ganas de salir. Todos los días eran iguales para la pequeña Rapunzel. Sin embargo, aquel día, su vida iba a cambiar para siempre.

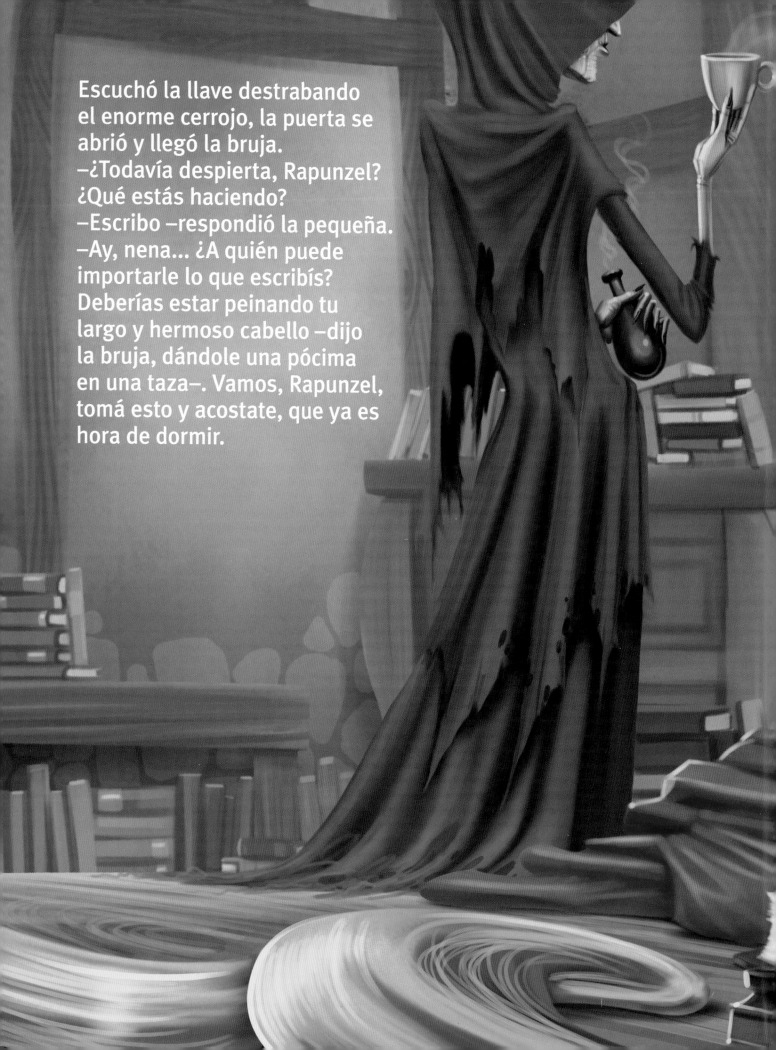

Escuchó la llave destrabando el enorme cerrojo, la puerta se abrió y llegó la bruja.

—¿Todavía despierta, Rapunzel? ¿Qué estás haciendo?

—Escribo —respondió la pequeña.

—Ay, nena... ¿A quién puede importarle lo que escribís? Deberías estar peinando tu largo y hermoso cabello —dijo la bruja, dándole una pócima en una taza—. Vamos, Rapunzel, tomá esto y acostate, que ya es hora de dormir.

Cuando Rapunzel estuvo dormida, la bruja le cortó algunos cabellos. Creyó que por fin había encontrado la pócima adecuada, pero no. Apenas cortado, el cabello de Rapunzel perdía brillo, se marchitaba, y se deshacía instantáneamente.

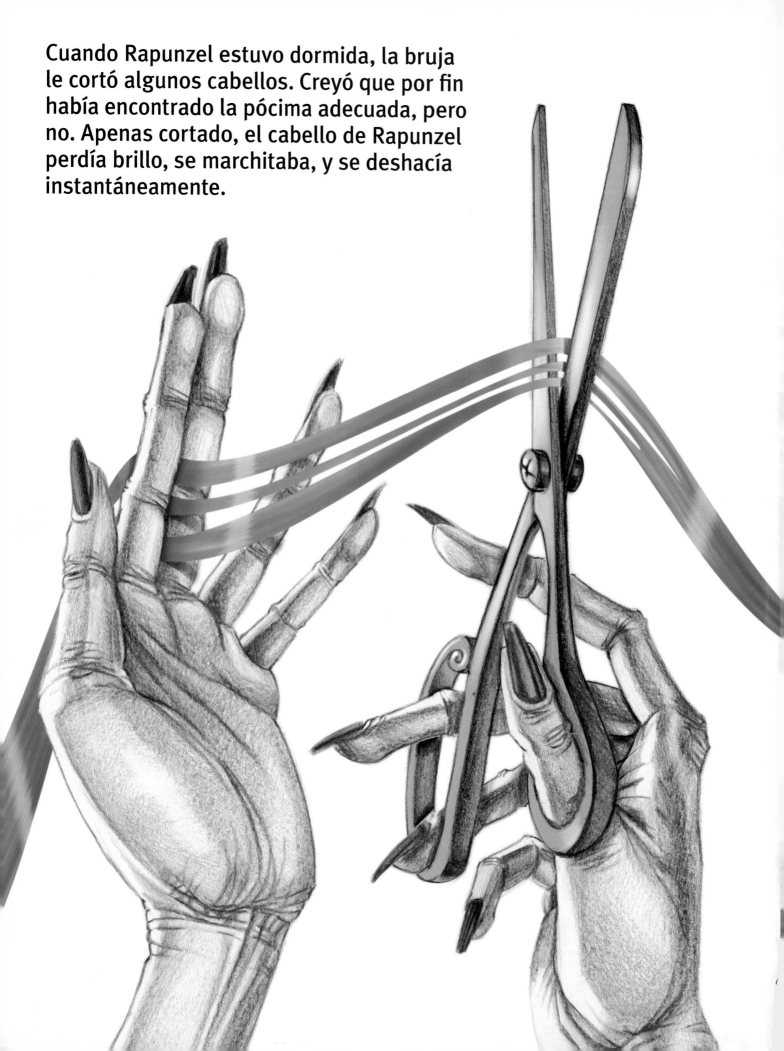

La bruja llevaba mucho tiempo buscando la pócima perfecta. No le importaba el oro, sólo quería la larga y dorada cabellera de la niña, para verse joven y hermosa. Y este había sido otro fracaso. Sin embargo, no se desanimó. Anotó algunas cosas en su recetario, y se preparó para salir a la mañana siguiente, como todos los días, en busca de nuevos ingredientes.

Cuando Rapunzel despertó, la bruja se iba. Escuchó la llave trabando el enorme cerrojo. Iba a ser una mañana como cualquier otra.
Sin embargo, Rapunzel miró la gran cerradura, miró la taza y la ventana... y se le ocurrió una gran idea. Y con muchas ganas se puso a escribir.

Pasó todo el día escribiendo. Ya era de noche cuando la bruja volvió.
-¿Todavía despierta, Rapunzel? ¿Qué estás haciendo?
-Escribo -contestó la pequeña.
-Ay, nena... ¿A quién puede importarle lo que escribís? Deberías estar peinando tu largo y hermoso cabello.
-Tuve un extraño sueño... -dijo Rapunzel, despertando interés en la bruja-. Un mago me revelaba el secreto para cortar mi cabello sin que se marchite.

La bruja se asombró mucho al escuchar esto. Y se apresuró a buscar el escrito de Rapunzel que le revelaría el ingrediente que le faltaba. Rapunzel no mentía, allí estaba el relato en el que un mago decía: "Tu cabello es largo, hermoso y de oro; y algún día, Rapunzel, hallarás la llave de tu tesoro". "Una llave", pensó la bruja. Y, a la mañana siguiente, se fue apenas salió el sol.

En su laboratorio secreto, preparó la pócima con la llave de la torre y volvió al atardecer. Al llegar se dio cuenta de que ya no tenía llave para abrir la puerta. Pero era una bruja muy astuta, así que le pidió a Rapunzel que soltara su larga cabellera por la ventana.

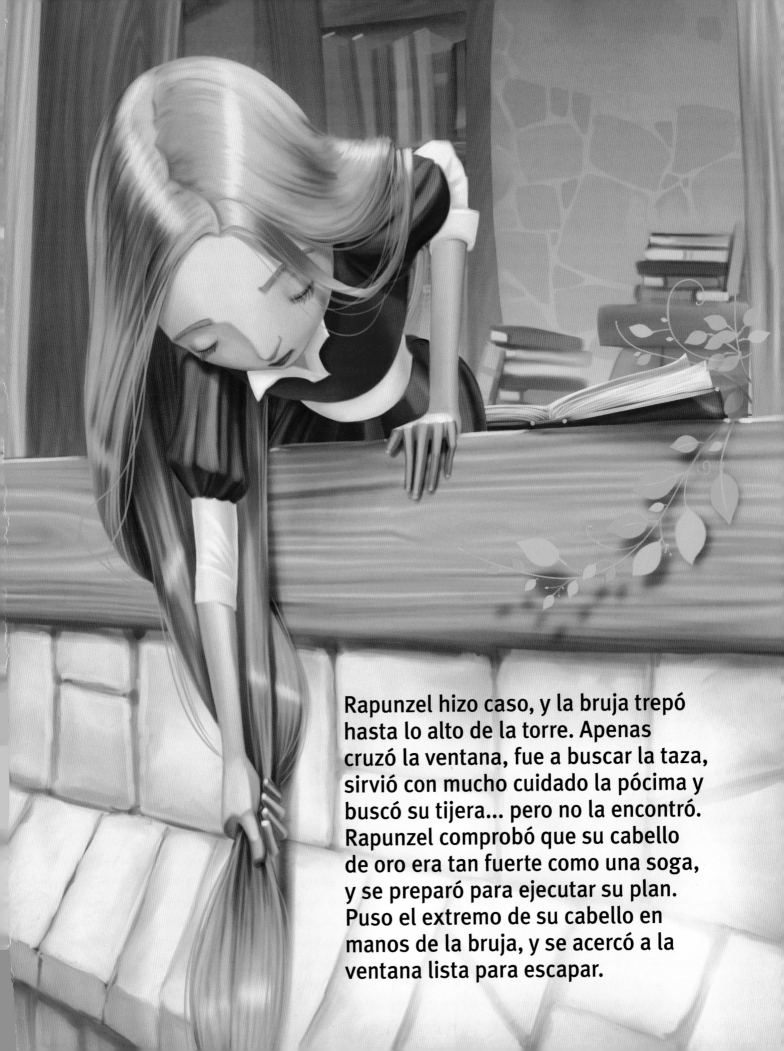

Rapunzel hizo caso, y la bruja trepó hasta lo alto de la torre. Apenas cruzó la ventana, fue a buscar la taza, sirvió con mucho cuidado la pócima y buscó su tijera... pero no la encontró. Rapunzel comprobó que su cabello de oro era tan fuerte como una soga, y se preparó para ejecutar su plan. Puso el extremo de su cabello en manos de la bruja, y se acercó a la ventana lista para escapar.

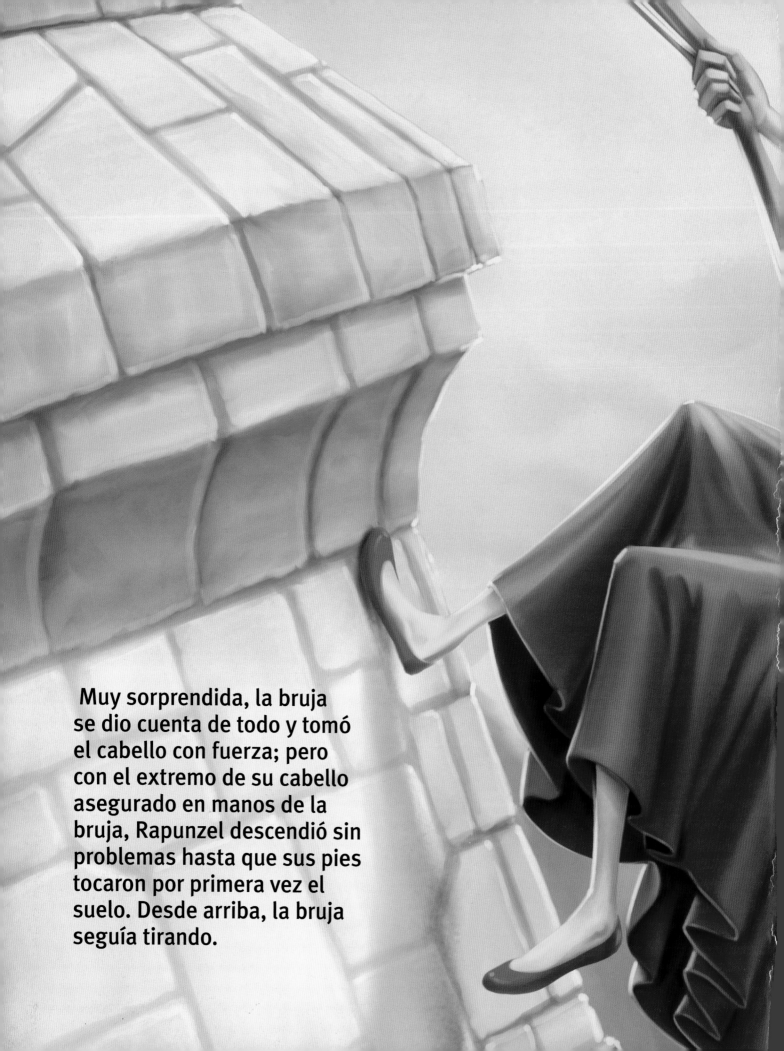

Muy sorprendida, la bruja se dio cuenta de todo y tomó el cabello con fuerza; pero con el extremo de su cabello asegurado en manos de la bruja, Rapunzel descendió sin problemas hasta que sus pies tocaron por primera vez el suelo. Desde arriba, la bruja seguía tirando.

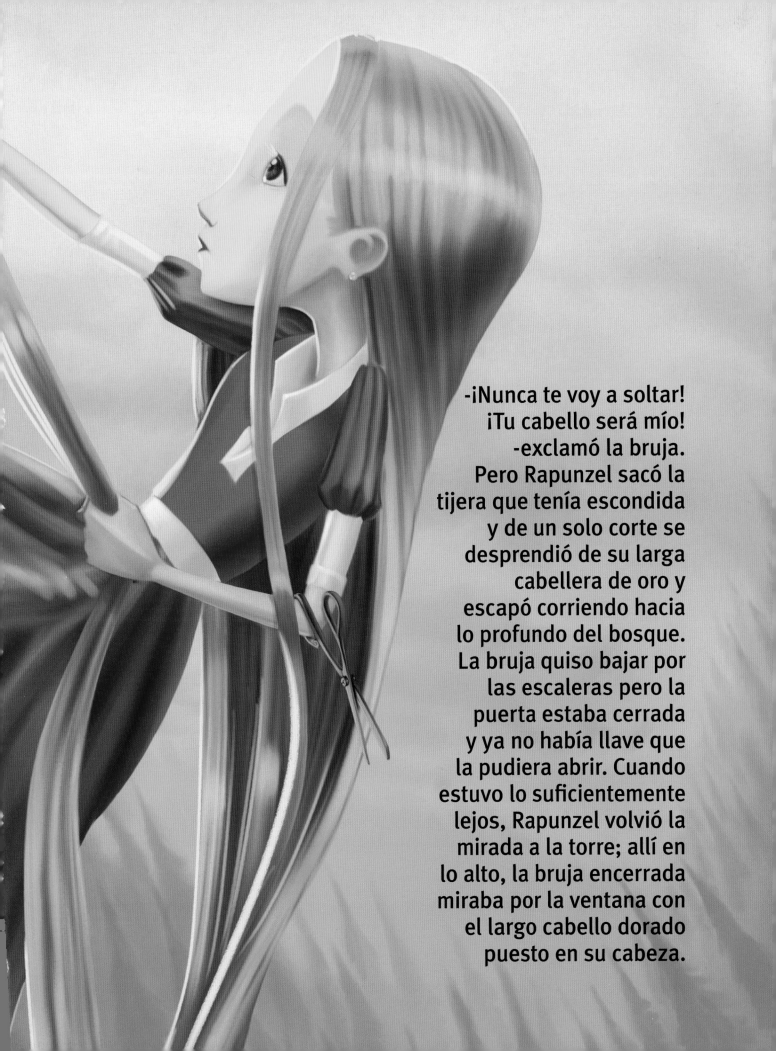

-¡Nunca te voy a soltar!
¡Tu cabello será mío!
-exclamó la bruja.
Pero Rapunzel sacó la
tijera que tenía escondida
y de un solo corte se
desprendió de su larga
cabellera de oro y
escapó corriendo hacia
lo profundo del bosque.
La bruja quiso bajar por
las escaleras pero la
puerta estaba cerrada
y ya no había llave que
la pudiera abrir. Cuando
estuvo lo suficientemente
lejos, Rapunzel volvió la
mirada a la torre; allí en
lo alto, la bruja encerrada
miraba por la ventana con
el largo cabello dorado
puesto en su cabeza.

Con su nueva cabellera, la bruja tomó el peine para no soltarlo jamás. Desde ese día, no ha dejado de peinar su peluca de oro y, encerrada en su propia torre, todavía espera que venga algún príncipe brujo a rescatarla.
Rapunzel siguió corriendo mientras su pelo, rápidamente, volvía a crecer.
Llegó hasta el centro del bosque, donde encontró su casa y a su familia, y fue muy feliz.